13 juin 1887

P

VENTE DU LUNDI 13 JUIN 1887

A UNE HEURE ET DEMIE

HOTEL DROUOT, SALLE N° 1

Après décès de Mme U...

MOBILIER
OBJETS D'ART
TABLEAUX

EXPOSITION PUBLIQUE

Les Samedi 11 et Dimanche 12 Juin 1887

COMMISSAIRE-PRISEUR

M° PAUL CHEVALLIER, 10, rue de la Grange-Batelière.

EXPERTS

M. CH. MANNHEIM	**M. MARTIN, libraire**
7, rue Saint-Georges, 7	18, rue Séguier, 18.

CATALOGUE

DU

MOBILIER

DES

OBJETS D'ART

TABLEAUX — AQUARELLES

Par FROMENTIN, DECAMPS, HEILBUTH,
LOUIS LELOIR, POLLET, T. FRÈRE, GUILLEMIN, ROQUEPLAN,
SAUNIER, MALLET, NOTERMAN...

Anciennes Porcelaines de Chine — Faïences

ARGENTERIE

Jolie Pendule et deux Vases Louis XVI

en marbre blanc et bronze doré

Plusieurs autres Pendules anciennes et Bronzes d'ameublement
Meubles anciens — Meubles d'art
Tapis — Tentures — Cristaux — Services en porcelaine, etc.

LIVRES

DONT LA VENTE AURA LIEU

Après décès de Mme U.

HOTEL DROUOT, SALLE N° 1

Le Lundi 13 Juin 1887, à 1 heure 1/2

Me PAUL CHEVALLIER	**M. CHARLES MANNHEIM**
COMMISSAIRE-PRISEUR	EXPERT
10, rue de la Grange-Batelière, 10	7, rue Saint-Georges, 7

M. MARTIN, libraire, rue Séguier, 18.

EXPOSITION PUBLIQUE

Les Samedi 11 et Dimanche 12 Juin 1887, de 1 heure à 5 heures.

CONDITIONS DE LA VENTE

Elle sera faite au comptant.

Les acquéreurs paieront, en sus des adjudications, *cinq pour cent* applicables aux frais.

L'Exposition mettant le public à même de se rendre compte de l'état des objets, il ne sera admis aucune réclamation une fois l'adjudication prononcée.

Nota. — La vente commencera par les livres, à 1 heure 1/2 précises, la vacation étant chargée.

Paris. — Imp. de l'Art. E. Ménard et J. Augry
41, rue de la Victoire, 41

DÉSIGNATION DES OBJETS

TABLEAUX

ACHARD (J.)

1 — *Paysage.*

BONINGTON (?)

2 — *Port de mer ; Sorrente.*

DECAMPS

3 — *Paysage de Grèce.*

Le premier plan est traversé par un cours d'eau dans lequel une femme puise de l'eau. Plus loin, dans une île, des jeunes filles enguirlandent de fleurs un Terme du dieu Pan. Dans l'éloignement, on aperçoit à travers les arbres un temple circulaire à colonnade.

Signé à droite des initiales D. C.

Les figures nous paraissent être d'une autre main.

Haut., 19 cent.; larg., 24 cent.

DECAMPS

4 — *Chasse au marais.*

Haut., 19 cent.; larg., 22 cent.

DUVERGER

5 — *Les Mousquetaires à l'auberge.*

Signé et daté 1862.

DUVIEUX

6 — *Venise.*

7 — *Une Caravane.*

ETEX (Jules)

8 — *Bohémiens.*

FAIVRE (L. N.)

9 — *Étude de paysage.*

FLANDIN (Eug.)

10 — *Deux paysages d'Orient, en pendants.*

FRÈRE (Th.)

11 — *Paysage d'Orient.*

Femme puisant de l'eau à une source sous les palmiers.

FROMENTIN (E.)

12 — *Centaure et centauresse s'exerçant au tir de l'arc.*

Signé des initiales et daté 1847.

Haut., 27 cent.; larg., 41 cent.

GIRARDET (K.)

13 — *Près la pierre de Schiller (Lac des Quatre-Cantons).*

GUIGNET (Adrien)

14 — *Paysage d'Orient.*

GUILLEMIN (A.)

15 — *Crieur public en Espagne.*

16 — *Petit Garçon espagnol portant une corbeille d'oignons.*

17 — *Paysanne bretonne.*

18 — *Paysannes et fillette portant un chat.*

Aquarelle.

19 — *Une Fontaine dans les montagnes.*

20 — *Port de Portrieux.*

21 — *Phare de Cancale.*

GUILLEMIN (A.)

22 — *Falaise de la Comtesse, à Portrieux.*

GRYEF (A.)

23 — *Chiens et trophée de gibier.*

MALLET

24 — *L'Innocence aux prises avec l'Amour.*

NOTERMAN (Z.)

25 — *Chien barbet flairant une perdrix morte posée sur un tabouret.*

PRÉVOST

26 — *Les Montagnes, à Vevey.*

ROQUEPLAN (Camille)

27 — *Dame lisant et fillette attrapant des papillons.*

28 — *Dames au repos dans un bois.*

VOS (V. de)

29 — *Chiens de chasse.*

AQUARELLES — DESSINS

BOURGOIN

30 — *Bords de la Seine ; la Cave-Écluse (Bois-le-Roy).*

Aquarelle.

31 — *Paysan mangeant la soupe.*

Aquarelle.

GIRARDET (Henri)

32 — *Une Rue, à Biskra.*

Signé et daté 1879.

Aquarelle.

GUIGNÉ (Al.)

33 — *Le Chemin du village.*

Aquarelle.

HEILBUTH

34 — *Dame au bord de l'eau ; Chatou.*

Aquarelle.

LELOIR (Louis)

35 — *Jeune Fille au milieu de fleurs.*

Aquarelle signée et datée 1878.

PIETTE

36 — *Église de petite ville.*

Gouache.

POLLET (H.)

37 — *Diane et Endymion.*

Aquarelle.

ROQUEPLAN (Camille)

38 — *Moines distribuant des aumônes.*

Dessin.

39 — *Groupe de figures de style antique.*

Dessin.

SAUNIER (O.)

40 — *Village des environs de Fontainebleau.*

Aquarelle.

ÉCOLE MODERNE

41 — *La Mort d'un prophète de Judée.*

Dessin aux crayons de couleurs.

FAIENCES

42 — Petit vase bursaire, en vieux Delft, décor polychrome, vases, plantes et lambrequin.

43 — Petit vase piriforme, vieux Rouen, à décor polychrome, branches de fleurs et bordure à quadrillés verts et réserves à fleurs.

44 — Deux beurriers couverts, en vieux Delft, décor bleu à armoiries et feuillages, avec la date 1747.

45 — Bannette à deux anses-serpents, en faïence de Rouen, décor polychrome à bouquets.

46 — Pot sphérique à fleurs, en Rouen, décor bleu ; couvercle percé de trous circulaires.

47 — Deux vases à couvercles, en faïence de Castelli, décor polychrome à figures mythologiques, amours et fruits.

48 — Plateau rectangulaire en faïence de Niderwiller (?), décor polychrome, oiseaux dans un paysage, avec bordure à fleurs en relief.

49 — Pichet à décor polychrome, dit à la corne.

50 — Deux vases ovoïdes à couvercles, en faïence de Milan (?), à décor polychrome et doré, composé de pivoines, d'arbustes fleuris et de palissades, dans le goût chinois.

51 — Saladier carré à angles rentrants, en faïence de Delft polychrome et dorée, à figures et fleurs de style chinois.

52 — Plat en faïence hispano-moresque, décor à reflets métalliques.

PORCELAINES

53 — Deux belles potiches ovoïdes et à couvercles, en ancienne porcelaine de Chine décorée en bleu, sur émail blanc, de corbeilles fleuries, de bordures lambrequinées et de montants simulant une chaîne de pierres.

54 — Deux cornets de même décor.

55 — Vase cylindrique et couvert, décor bleu, à dessin mosaïque et fleurs-arabesques. Socle en bois.

56 — Deux potiches à couvercles, en ancienne porcelaine de Chine, à décor de festons de fleurs et de feuillages en bleu. Socles en bois.

57 — Grosse potiche couverte, en ancienne porcelaine de Chine, décor bleu à large lambrequin et à compartiments d'arbustes fleuris.

58 — Deux sucriers couverts, à décor de branches de fleurs en bleu.

59 — Cornet cylindrique décoré en bleu d'objets mobiliers, de kiosques et de bouquets.

60 — Jatte semi-ovoïde en Chine, à sujet familier en émaux de couleur.

61 — Vase, pot à tabac, en Chine, décor bleu à ustensiles dans des médaillons quadrilobés.

62 — Deux autres à fleurs et ornements, en bleu sur émail blanc.

63 — Deux jolis vases forme rouleau, en ancienne porcelaine de Chine, à décor bleu, ornements et dragons. Ils sont montés en bronze.

64 — Deux petits cornets de décor analogue.

65 — Sucrier sans couvercle en vieux Chine à décor bleu.

66 — Deux petits plateaux en vieux Chine, décorés de dragons et de fleurs en émaux de la famille verte.

67 — Deux jardinières carrées en porcelaine de Chine, à décor bleu.

68 — Vase forme gourde, de même porcelaine et de décor analogue.

69 — Jardinière semi-ovoïde, à deux anses carrées, en porcelaine de Chine, décorée en bleu : vases, bouquets et bordures.

70 — Deux seaux formant jardinières, en porcelaine de l'Inde, à anses détachées et culot de rocailles en relief; décor à fleurs rehaussées d'or.

71 — Deux jardinières cylindriques en vieux Japon, à fleurs et lambrequins en bleu, rouge et or; elles sont munies de têtes chimériques en guise d'anses.

72 — Autre jardinière de même porcelaine.

73 — Théière en Saxe, décor à fleurs, en camaïeu bleu.

74 — Pot à lait en forme de pichet, décor à fleurs. Saxe.

75 — Cafetière en Saxe, décor polychrome à bouquets de fleurs.

76 — Deux petites verrières ou jardinières en por-

celaine de Saxe, décorées de fleurs et montées en bois sculpté.

77 — Deux vases ovoïdes en porcelaine de Berlin, rehaussés de dorure et présentant au pourtour des bas-reliefs : jeux d'enfants. Les couvercles sont surmontés de figurines d'enfants dorées.

78 — Trente-six jolies assiettes d'ancienne porcelaine de la Chine, décorées en émaux de couleurs et de dessins variés. (Seront vendues par lots sous ce numéro.)

79 — Cabaret en vieux Chine, décor à festons de fleurs et armoiries en émaux de couleur et en dorure : théière, bol, sucrier, cinq tasses et six soucoupes.

80 — Deux théières, une boîte à thé et sept tasses sans soucoupes, en Chine, variées de décor.

81 — Petit vase ovoïde à couvercle, en vieux Japon, à décor bleu à fleurs, rochers et oiseaux.

82 — Groupe en porcelaine de Saxe moderne : Minerve et trois petits génies.

83 — Figurine en Saxe moderne : la Dormeuse.

84 — Petit vase à rocailles en porcelaine de Saxe,

décorée de fleurs, et à couvercle surmonté d'un groupe de fruits.

85 — Quatre chiens et une pomme de canne, tête de bélier, en porcelaine moderne de Saxe.

86 — Tasse droite et une soucoupe en vieux Saxe, gaufrées en vannerie et décorées de fleurs ; plus une tasse et deux soucoupes, à guirlandes, en porcelaine de Nyon.

87 — Cabaret en porcelaine tendre anglaise, décor à paysage et bordure dans le goût chinois en bleu avec rehauts d'or : cinq grandes pièces, quatorze tasses et dix soucoupes.

88 — Service à dessert en porcelaine à décor de bouquets, et bord vert d'eau à filets et dents de loup en dorure : trente-six assiettes, deux sucriers, quatre compotiers à pieds, six compotiers bas.

89 — Service à dessert à décor polychrome de fleurs de toutes sortes, filets bleus et dents de loup en dorure : assiettes, compotiers, sucriers.

OBJETS DIVERS

90 — Boîte ovale de la fin du XVIIIe siècle, en mosaïque de pierres dures : agates, lapis, etc., avec monture en or ciselé. Travail dans le goût de *Neubert*, de Dresde.

91 — Coffret en filigrane d'argent, doré en partie, décoré de colonnes torses, de bossages et de fleurons.

92 — Petite coupe en bronze de Chine décorée de chimères, pied et socle en bois sculpté.

93 — Coffre en cristal côtelé, avec monture de bronze ciselé et doré mat.

94 — Médaillon en terre cuite, de Nini : portrait de Franklin. Jolie épreuve.

95 — Plaquette rectangulaire en émail cloisonné de la Chine.

96 — Pupitre ancien en marqueterie de bois et de paille.

97 — Groupe de deux chiens courants en bronze, de *Fremiet*.

98 — Deux boîtes rondes et surbaissées en émail cloisonné de la Chine.

99 — Deux vases à fleurs en cristal incolore, en forme de pitongs, décorés d'oiseaux, d'animaux et d'arbustes gravés; pieds en bronze doré. Style chinois.

100 — Garniture de brosses pour toilette montées en ivoire.

101 — Nécessaire de toilette avec ustensiles en nacre et acier.

102 — Verrerie. Services à dessert en cristal taillé et en Bohême.

ARGENTERIE

103 — Cafetière et pot à crème en argent, à décor de guirlandes de fleurs en relief.

104 — Sucrier en argent, en forme de corbeille de jonc bordée de pampres.

105 — Six cuillers à entremets, à manches ornés, terminés par des figurines. Orfèvrerie allemande.

106 — Quatre dessous de carafes en argent à bords contournés, moulurés et garnis de feuilles. De la maison Touron.

107 — Ménagère en argent avec six pièces : burettes et flacons en cristal gravé.

108 — Quatre salières à deux compartiments et un moutardier en argent ciselé, à décor de paons et de rinceaux. De la maison Touron.

109 — Petite cafetière en argent, vieux Paris; anse en ivoire.

110 — Autre, à manche en bois noir.

111 — Trois pièces en argent ciselé : ciseaux à raisins, décor cep de vigne, et deux pinces à sucrerie formées de pattes d'oiseaux.

112 — Moulin à poivre. Orfèvrerie de Touron.

113 — Deux cuillers et deux fourchettes à entremets, en argent, à manches terminés par des bustes.

114 — Pince à asperges, argent gravé, à manche de nacre.

115 — Pince à sucre, timbale, rond de serviette, petite cuiller en argent.

116 — Miroir ovale à biseaux, dans un cadre à moulure en argent; avec chiffre U. C.

117 — Trois boîtes à poudre en argent, dont deux guillochées, avec chiffre U. C.

118 — Service de couteaux à dessert à manches en nacre et garniture d'argent, composé de trente couteaux à lames d'acier et de vingt-sept à lames de vermeil.

119 — Couvert à salade, vermeil, et manches en nacre.

120 — Douze cuillers à café, en vermeil.

121 — Service à entremets, deux cuillers, une pelle et une fourchette.

122 — ARGENTURE, PLAQUÉ, DOUBLÉ. Réchaud long et réchauds ronds ; deux soupières style Louis XV, dessous de carafes, saucière, plats longs et ronds de style Louis XV, plateaux. (Seront vendus sous ce numéro.)

BRONZES D'AMEUBLEMENT

123 — Très jolie pendule du temps de Louis XVI, en marbre blanc, richement garnie de bronzes délicatement ciselés et dorés. Elle affecte la forme d'un petit temple à fronton élevé sur des

degrés et flanqué latéralement de deux termes de femmes, symbolisant la Comédie et la Tragédie. Divers attributs du théâtre sont posés sur le soubassement, deux figurines d'enfants décorent les rampants du fronton que dominent un trophée de livres et un médaillon. Des festons de laurier, des perles, des tores de feuilles complètent l'ornementation de cette pièce. Le cadran porte le nom de *Dd Fc Dubois à Paris.* — Haut., 48 cent.; larg., 38 cent.

124 — Deux jolis vases du temps de Louis XVI, en marbre blanc et bronze ciselé et doré, formant garniture avec la pendule qui précède. Ils sont de forme ovoïde, à gorge élancée et à piédouche reposant sur une plinthe carrée. La monture en bronze consiste en un couvercle surmonté d'une pomme de pin; en deux figurines d'enfants satyres, jouant de la flûte et figurant les anses, reliées par de gracieuses guirlandes de fruits à des têtes de faunes à coiffures égyptiennes, fixées à l'épaulement du vase; en un culot de feuilles d'olivier et en cordons de perles. — Haut., 38 cent.

125 — Jolie pendule du temps de Louis XVI, en marbre blanc et bronze ciselé et doré, formée

d'un fût de colonne cannelée, avec tore et appliques finement ciselés, surmontée d'un groupe représentant Vénus couronnée par l'Amour.

126 — Lustre à quinze lumières, en bronze doré et relevé d'émaux à froid, à binets en forme de vases reliés par des chaînettes auxquelles sont suspendues des médailles.

127 — Deux girandoles en forme de caisses carrées, en marbre noir, avec monture à bouquets de lis et de pavots, en bronze.

128 — Pendule Louis XVI, en marbre teint en gris et simulant un porphyre. En forme de borne flanquée de fûts cannelés, elle est garnie d'ornements en bronze doré et surmontée d'une figurine d'amour et de deux brûle-parfums. Sous le cadran, une plaquette de marbre peint représente des jeux d'enfants.

129 — Garniture de cheminée en bronze ciselé et oxydé, composée de trois pièces : pendule surmontée d'une figurine en bronze doré et marbre blanc : la Joueuse d'osselets, et deux candélabres à quatre lumières, à tige surmontée d'un sphinx assis.

130 — Garniture de cheminée en bronze doré et

oxydé, rehaussée d'émaux à froid. Elle se compose d'une pendule ornée d'une figure d'Omphale, et de deux candélabres à sept lumières.

131 — Pendule, forme religieuse, en bois noir et cuivre, à cage, avec mouvement anglais du XVIIIe siècle.

132 — Deux lampes en bronze, offrant au pourtour des bas-reliefs de style antique et deux supports à griffes et palmettes.

133 — Deux petits chenets de style Louis XVI, en bronze doré : sphinx ailés et couchés.

134 — Deux flambeaux bas, de style Louis XV, en bronze doré, modèle à cannelures.

135 — Petit lustre à quatre lumières, garni de cristaux de Bohême.

136 — Pendule de voyage en bronze doré, de *Marais*.

137 — Deux chenets de style Louis XIV, en bronze doré, composés chacun d'un sphinx couché sur un socle oblong.

138 — Deux petits flambeaux de style Louis XIII, en bronze ciselé et oxydé.

139 — Chenets en bronze ciselé et doré, de style Louis XIV, modèle à sphinx couchés sur une base à quatre pieds.

140 — Chenets à griffons et ornements ajourés en bronze oxydé et doré.

141 — Écran ovale en bronze, modèle branche de chêne, avec feuille en taffetas blanc brodé en soie de couleurs, bouquet de fleurs.

142 — Suspension de salle à manger en bronze. Style oriental.

MEUBLES — RIDEAUX — TAPIS

143 — Lit de repos du temps de Louis XVI, en bois sculpté et doré, avec dossiers à volutes et à double face. Il est couvert de drap verdâtre et forme canapé-lit.

144 — Grande bibliothèque Louis XVI, en acajou, à coins arrondis et cannelés et à portes pleines dans le bas, vitrées dans la partie supérieure. Elle est garnie d'ornements en bronze doré.

145 — Jolie table de nuit en acajou moiré, de style Louis XVI, richement garnie de bronzes ciselés et dorés et bordée d'une galerie ajourée.

146 — Grande et belle armoire à glace en bois de noyer sculpté à fleurs, feuillages et ornements, et présentant dans les pans coupés deux statuettes de femmes debout.

147 — Grande toilette de même travail, à dessus de marbre blanc et à glace encadrée d'étagères.

148 — Table à quatre pieds cannelés reliés par un entrejambes en X, en bois de noyer sculpté.

149 — Jolie chaise de style Louis XVI, en bois de noyer finement sculpté, avec dossier surmonté d'une couronne de fleurs et de palmes. Elle est couverte d'étoffe à fleurs, brochées sur fond brun.

150 — Petit meuble de style Louis XV, fermant à deux portes et renfermant trois tiroirs, en marqueterie de bois à fleurs et ornements, et garni de chutes et d'encadrements en bronze doré. Dessus de marbre brèche d'Alep.

151 — Petite table ovale de style Louis XVI, en acajou ronceux, garnie de bronze doré au mat et à tablette d'entrejambes.

152 — Table analogue à celle qui précède, mais en marqueterie de bois à quadrillages.

153 — Meuble à hauteur d'appui en marqueterie d'écaille et cuivre, garni de bronzes et à dessus de marbre noir. Il ferme à deux portes.

154 — Table à jouer de style Louis XVI, en marqueterie de bois à rosaces et garnie de quelques ornements de bronze doré.

155 — Petite table-étagère à trois tablettes et à tiroir, en marqueterie de bois de rose, garnie de bronzes.

156 — Meuble en bois noir sculpté à fleurs et ornements. Il ferme à deux portes vitrées avec tiroir au-dessus.

157 — Deux fûts de colonnes en bois noir à cannelures revêtues de cuivre.

158 — Buffet de salle à manger en chêne sculpté à moulures ornées, figurines en haut-relief et colonnettes ; il est à deux corps, le bas à portes pleines, le haut à portes vitrées.

159 — Servante-étagère en chêne sculpté.

160 — Table ovale à rallonges.

161 — Huit chaises en chêne à dossiers élevés, couvertes en cuir.

162 — Buffet en bois sculpté à cariatides, oiseaux et fruits de style Louis XIII, le bas à porte pleine, le haut formant étagère.

163 — Miroir à biseaux avec cadre doré, de style Régence, de forme contournée.

164 — Ameublement de salon : quatre fauteuils style Louis XVI en bois doré, et deux chaises à dossiers lyres couverts en damas de soie cerise, canapé capitonné en même étoffe, rideaux et portières.

165 — Deux chaises légères en bois doré couvertes en satin broché.

166 — Petite chaise basse à dossier ovale, en bois doré style Louis XVI, couverte en satin à raies festonnées de fleurs sur fond noir.

167 — Guéridon formé d'un grand plat en Japon surdécoré et monté sur un cornet de même porcelaine.

168 — Jeu de quatre tables (gigogne) en palissandre et bois rose.

169 — Cave à liqueurs en bois sculpté avec panneaux de bois noir incrustés de cuivre et d'étain.

170 — Table italienne en bois noir décoré d'incrustations d'ivoire : plaques gravées à figures Louis XIII, frises d'arabesques, filets entrecroisés.

171 — Deux fûts de colonnes cannelées en bois noir à tigettes et bases dorées.

172 — Deux tables à jeu style Louis XVI en bois noir, garnies de bas-reliefs jeux d'enfants et d'ornements en bronze.

173 — Deux chaises italiennes en bois noir décorées d'incrustations d'ivoire.

174 — Petite table en chêne à pieds tournés reliés par une entretoise.

175 — Table en chêne, style Louis XIII, supportée par des colonnettes torses.

176 — Grande glace à fronton, style Louis XIV.

177 — Petite glace à fronton de même style

178 — Console Louis XV en bois sculpté et doré, à tablette de marbre.

179 — Deux rideaux en peluche marron avec embrasses.

180 — Deux rideaux en damas à dessin bleu clair sur fond vert olive.

181 — Quatorze rideaux pour croisées ou portières en damas de soie ponceau.

182 — Tapis moquette à dessins, fond bleu.

183 — Tapis moquette, dessin persan, fond rouge.

184 — Trois carpettes orientales.

LIVRES

185 — Petite Collection antique, publiée par Quantin. 12 vol. — Collection des auteurs latins traduits en français, par Nisard. 27 vol. — De Barante. Histoire des ducs de Bourgogne. 12 vol. — Histoire de la Révolution, du Consulat et de l'Empire, par Thiers. 30 vol. — Reclus. La Terre. 2 vol. — Le Tour du monde, publié par Charton. 1860-1886. — Les Petits Conteurs. Édition Leclère. — Contes de La Fontaine, réimpression de l'édition des Fermiers-Généraux, publiée par Barraud. — O. Uzanne. L'Éventail et l'Ombrelle. — Jacquemart. La Céramique. — Heptaméron de la reine de Navarre, fig. de Freudenberg, édition Eudes. —

Œuvres de Balzac. 20 vol. — Feydeau. Histoire des usages funèbres. — Bosc. Dictionnaire d'architecture. — Œuvres de Voltaire, J. J. Rousseau, Lord Byron, Buffon, etc.

Publications de Quantin, Rouveyre, Liseux, etc. — Ouvrages illustrés. — Dictionnaires. — Romans, etc.

www.ingramcontent.com/pod-product-compliance
Ingram Content Group UK Ltd.
Pitfield, Milton Keynes, MK11 3LW, UK
UKHW020218180726
13838UKWH00005B/2062